내 곁을 떠나 그곳에 먼저 가 있는 너에게,

강아지 별

글·그림 곽수진

내 곁을 떠난 후 너는 어디로 가는 걸까?

널 마중 나온 작은 별을 따라

무지개 다리를 건너

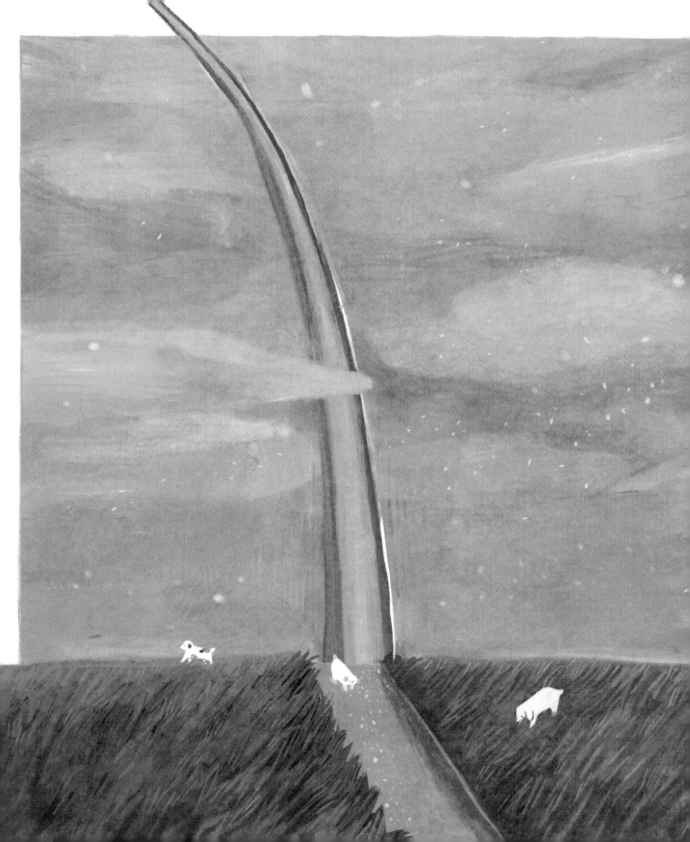

구름 위 강아지별에 도착하겠지.

그곳의 넓고 푸른 초원이 너를 반겨줄 거야.

산책을 끝내지 않아도 괜찮아.

진흙탕에서 뒹굴어도
목욕 걱정은 하지 않아도 돼.

하지만 원한다면
맘껏 수영할 수 있어.

네가 좋아했던 눈밭을 뒹굴고

가족과 헤어지지 않아도 되고

먹고 싶은 만큼 먹어도 아프지 않을 거야.

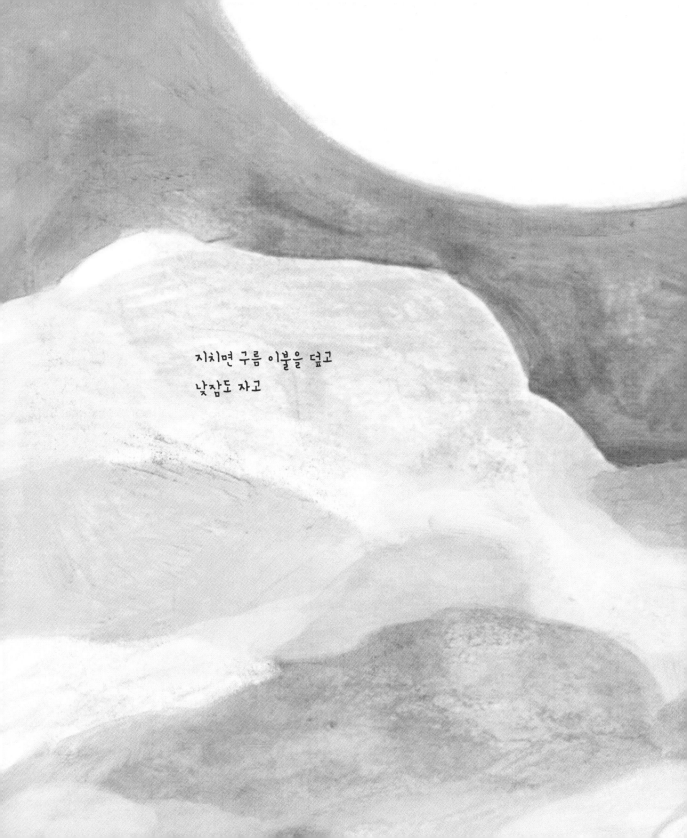

지치면 구름 이불을 덮고
낮잠도 자고

네가 좋아하는 새들을
마음껏 쫓고

목이 마르면
맑은 물을 마시고

풀 냄새 가득한 그늘 밑에서
잠시 쉴 수도 있겠지.

그곳에는 네가 무서워하던

천둥 번개도 없을 거야.

그런데 참 이상하게도

이 완벽한 곳이

너의 정착지가 되지는 않을 것 같아.

너는 나를
기다리고 있을 것 같아서.

그때까지 잠시만, 안녕.

내 곁을 떠난 후에 너는 어디로 가는 걸까?

내가 너를 기다리는 것처럼 너도 나를 기다릴까?

　반려동물을 떠나 보낸 후, 문득 내 곁을 떠난 후 아이가 어디로 가는 것인지 궁금할 때가 있었습니다. 이 질문에 대한 개인적인 소망을 상상이라는 재료로 종이에 담은 결과가 《강아지별》입니다. 이별 후 가게 된다고 전해지는 무지개 너머의 강아지별을 어떻게 세상에서 가장 행복하고 완벽한 장소로 표현할 수 있을지에 대한 고민이 무척 깊었습니다. 이 고민에 대한 답은 아쉬움이라는 감정에서 출발했던 것 같아요. 그렇게 더 해주고 싶었던 것과 해주지 못했던 것에 대한 후회와 아쉬움을 토대로 글을 써내려가기 시작했습니다.

　네가 가게 될 강아지별은 그 어떤 슬픔을 느낄 새도 없이 좋은 것들로만 가득차 있는 곳이었으면 좋겠다. 그 별을 이루고 있는 반짝이는 작은 조각이 네가 길을 잃지 않게 마중나와 무지개 다리까지 안전하게 너를 데려가주었으면 좋겠다. 마침내 그 다리를 건너면 마음껏 산책을 할 수 있고 아프지도 배고프지도 않는다는 강아지별에 도착해, 다시 만나는 그 날까지 행복하게 지내기를 바라며 페이지를 채웠습니다. 그리고 이기적일 수도 있겠지만, 그 별에서 즐겁게 지내다가 나 역시 세상을 떠나는 날에는 다시 한번 더 만나주기를 바라는 마음으로 엔딩을 구성했습니다.

이별은 감당하기 힘든 슬픔을 가져다주지만 만약 이것이 영원한 헤어짐이 아니라면 조금 더 견딜 수 있는 힘이 생길 것 같았습니다. 하지만 답답한 집에서 하염없이 기다리게 했던 그 날들이 생각나고 또 기다려 달라는 바람을 품기에 미안한 마음이 앞서는 걸 보면 《강아지별》은 결국은 우리를 위로하기 위한 장소라고도 할 수 있을 거예요.

이 책을 읽는 모든 분들이 다시 만날 그 날까지 위로받기를 바라며,
그리고 세상 모든 동물이 그들의 별에서 행복할 수 있기를 바랍니다.

곽수진

그림 곽수진

영국 킹스턴대학교에서 일러스트레이션을 전공했습니다. 영국에서 첫 번째 동화책인
《A Hat for Mr. Mountain(산 아저씨를 위한 모자)》을 발표했으며, 이탈리아 볼로냐 사일런
트 북 콘테스트에서 《Costruttori di Stelle(별 만드는 사람들)》로 1등을 수상했습니다. 국내
대표작으로는 《비에도 지지 않고》《도망가자》가 있습니다.

강아지별

글·그림 ⓒ 곽수진, 2022

1판 1쇄 발행 2022년 1월 31일
1판 2쇄 발행 2023년 7월 15일

글 그림 곽수진
펴낸이 노지훈 | 편집 언제나북스 편집부 | 펴낸곳 언제나북스
출판등록 2020. 5. 4. 제 25100-2020-000027호 | 주소 22656 인천시 서구 대촌로 26, 104-1503
전화 070-7670-0052 | 팩스 032-275-0051 | 전자우편 always_books@naver.com
블로그 blog.naver.com/always_books | 인스타그램 @always.boooks

ISBN 979-11-970729-7-0

언제나북스는 여러분의 소중한 이야기를 기다립니다. 전자우편(always_books@naver.com)으로 원고를 보내주세요.
언제나 읽고 싶은 책을 만들기 위해 노력합니다.